NOTICE

SUR ALGER.

NOTICE

SUR ALGER;

PAR F. CAZE,

SECRÉTAIRE-GÉNÉRAL DU GOUVERNEMENT DE CE PAYS.

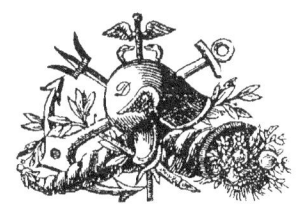

PARIS.

FÉLIX LOCQUIN, IMPRIMEUR,

RUE NOTRE-DAME-DES-VICTOIRES, N° 16.

1831.

NOTICE

SUR ALGER.

A une autre époque et dans des circonstances moins graves que celles du moment présent, la conquête d'Alger, et les conséquences qu'elle doit avoir, eussent frappé tous les esprits. Les hommes d'état et les personnes qui s'occupent d'économie politique, y eussent trouvé un vaste sujet de méditation, sous le double rapport de la civilisation et du commerce. La géographie de l'Afrique, renfermée encore dans des bornes si étroites, agrandie; les sciences physiques et naturelles, enrichies d'une foule de découvertes sur un sol qu'un épais rideau dérobe à la curiosité européenne depuis quatorze siècles; quel aliment pour l'activité intellectuelle qui agite le genre humain depuis cinquante années!

Mais des événemens bien autrement impor-
tans sont venus détourner l'attention publique.
Qu'était en effet la chute d'un chef de pirates
à côté de celle du plus ancien et du plus puissant
monarque de l'Europe? Les victoires de Sidi-
Ferruch et de Staouéli ont pâli devant la prise du
Louvre et devant les barricades du 29 juillet. Hus-
sein-dey, accompagné de son harem, quittant Alger avec une partie de ses trésors, et allant demander un asile à cette Italie qu'il avait si crûelle-
ment rançonnée pendant toute la durée de son
règne, offrait sans doute un spectacle aussi étrange
qu'inattendu. Mais combien cette catastrophe s'est
rapetissée devant celle de Charles X et de sa fa-
mille, fuyant au milieu d'une population indignée,
mais généreuse et clémente, une terre où sa race
avait commandé pendant neuf siècles; de Charles X sortant à peine du temple où il était venu
remercier le Ciel d'une victoire inespérée, pour
quitter avec d'amers regrets, et peut-être sans re-
mords, le palais de ses ancêtres teint du sang de
ses sujets et de ses défenseurs. Certes, il n'est pas
surprenant que les esprits, si fortement préoccupés
d'événemens aussi extraordinaires, soient restés
froids devant celui qui, dans tout autre temps, eût
fait sur eux une vive impression. La grande victoire
de juillet a fait oublier les victoires d'Alger, ou en a

du moins ajourné la gloire; et la chute du souverain obstiné qui régnait aux Tuileries, a rendu bien insignifiante celle du prisonnier volontaire de la Casauba d'Alger (1).

L'expédition d'Afrique était donc devenue une affaire tout-à-fait secondaire, après les premiers jours de notre glorieuse révolution. Cependant nous avions à Alger une armée de 30 mille hommes; et le gouvernement régénéré de la France dut, dès les premiers momens de son installation, s'occuper d'abord de donner à cette partie considérable des forces nationales une direction conforme au nouveau système. Le patriotisme de nos soldats n'était pas douteux; mais l'autorité suprême était entre des mains qui pouvaient paraître suspectes; il y avait lieu de craindre, d'ailleurs, que le but secret de l'expédition ne fût, après la réussite, un attentat contre les libertés nationales.

---

(1) Le dernier dey d'Alger n'est sorti qu'une seule fois, pendant tout son règne, et encore sous la protection du plus strict incognito, de la Casauba, dont il avait fait une forteresse hérissée de canons, de laquelle il ne permettait l'approche, même à la milice turque, qu'avec les plus grandes précautions. Il y était gardé par une troupe dévouée, dont il achetait la fidélité à un prix que lui seul pouvait donner, étant dépositaire de tous les trésors de l'État.

Le choix du Gouvernement fut heureux. M. de Bourmont fut remplacé par un des plus illustres chefs de nos armées, un guerrier qui, sous la république et sous l'empire, s'était classé parmi nos premières notabilités militaires. Le général Clauzel eut la mission de recevoir de l'armée d'Afrique le serment qu'elle brûlait de prêter à l'élu de la nation et à la nouvelle charte, et celle, non moins honorable, d'organiser et d'administrer un pays que, depuis si long-temps, l'Europe ne connaissait que par des défaites désastreuses et par l'esclavage de ses enfans.

La question de l'occupation définitive restait encore indécise. Il paraît même que M. de Bourmont n'avait pas d'instructions relatives à un établissement civil ; car, dès son arrivée à Alger, le 2 septembre 1830, le général Clauzel dut s'occuper de former une administration du pays, pour remplacer des commissions qui avaient été créées au fur et à mesure des besoins, et dont les attributions mal définies s'entravaient réciproquement. L'administration militaire elle-même, privée de ses chefs supérieurs qui avaient abandonné l'armée peu de temps après la conquête, était sans direction et sans énergie. En attendant l'arrivée de M. le baron Volland, nommé intendant en chef de l'armée d'Afrique, le général Clauzel, qui depuis a reçu de si utiles secours de cet habile administrateur, eut à donner des soins à cette branche importante de tout gouvernement militaire.

La plupart des personnes qui accompagnaient le général Clauzel, et lui-même, partageaient les préventions que des publicistes distingués avaient conçues contre toute idée d'un établissement permanent en Afrique ; soit que la juste défiance des intentions du ministère Polignac eût préoccupé leurs esprits, soit que des renseignemens inexacts ou incertains les eussent mal disposés contre tout projet de colonisation.

Avant de faire connaître au Gouvernement son opinion particulière sur cette question, et quoique, dès les premiers jours de son arrivée, ses préventions eussent fait place à la conviction profonde que la France pouvait retirer d'immenses avantages de la possession d'Alger, le général Clauzel observa soigneusement et dans le silence les hommes et les choses; il n'épargna ni peine ni dépense pour obtenir les renseignemens les plus minutieux et les plus exacts; et ajournant à quelque temps les communications importantes et basées sur des faits que depuis il a transmis aux ministres, il parut ne s'occuper que de réorganiser l'armée. Il se contenta d'annoncer au ministre de la guerre, qui ne s'y attendait pas, au moins aussi tôt, que la moitié de l'armée pouvait sans inconvénient rentrer en France, et il fit immédiatement partir le premier des quatorze régimens de l'armée d'Alger, dans lesquels est venue s'incorporer partie des levées successives qui ont été faites.

Avec ce qui lui restait de troupes, le général Clauzel consomma la conquête du pays, et nos avant-postes perdirent de vue les murailles d'Alger, autour desquelles ils étaient restés groupés jusqu'alors. Il fut parfaitement secondé par les généraux et par les officiers de l'armée, qui avaient prouvé, même sous les ordres d'un chef auquel ils obéissaient avec répugnance, que, dans tous les temps et dans tous les lieux, la devise du soldat français est : *gloire et patrie.*

Cette opération terminée, le général Clauzel s'occupa sans relâche d'organiser l'administration du pays. Il sut se défendre de la manie si souvent et si justement reprochée aux Français, de vouloir appliquer à tous les pays où ils dominent leurs idées et leurs formes administratives. La municipalité fut renouvelée en partie, et entièrement formée d'habitans de la ville, maures ou juifs. Elle eut pour président un Français qui, sous le nom de commissaire du Roi, exerça une surveil-

lance d'autant plus nécessaire, que le premier usage
que les maures et les juifs, seuls habitans d'Alger,
(M. de Bourmont en avait expulsé les Turcs), fi-
rent de la liberté inaccoutumée dont ils jouis-
saient sous notre domination, fut d'intriguer les
uns contre les autres et de chercher à se nuire
réciproquement.

Il n'était pas aussi aisé de créer des tribunaux.
Tout en évitant d'altérer le fond des jurispru-
dences musulmane et hébraïque, il était indis-
pensable de pourvoir à l'exercice de la justice, et
d'avoir un tribunal qui pût décider entre les maures
et les juifs récemment émancipés, et les européens auxquels ne pouvait plus suffire la coutume,
passée en loi, de faire juger toutes les causes entre
chrétiens par les consuls de chaque nation.

Cette opération n'était pas facile. Les lois musulmane et hébraïque puisent toutes leurs dispositions, et souvent leur texte, les unes dans le Coran,
les autres dans l'Ancien-Testament. Cette jurisprudence dogmatique, si je puis m'exprimer
ainsi, ne connaît que la lettre de la loi, ce qui
rend tout-à-fait inutiles les avocats et les avoués;
mais elle n'était pas applicable aux européens,
accoutumés aux interprétations, au moyen desquelles il n'arrive que trop souvent qu'une même
disposition de la loi peut faire perdre ou gagner

la même cause. Le général Clauzel eut la sage condescendance de consulter les ulémas et les rabbins, et, après plusieurs essais qui tous ne furent pas heureux, il réussit à créer une justice régulière, et à établir une jurisprudence qui a satisfait tout le monde.

Un commissaire-général de police eût trouvé à Alger peu ou point d'occasions d'y appliquer nos règles et nos formes. Ce que nous entendons par police générale ou haute-police n'y aurait point trouvé d'aliment, à moins d'altérer la simplicité des lois musulmanes, et de produire une perturbation dangereuse dans une population indifférente peut-être à un changement de domination, mais à laquelle toute innovation dans ses coutumes et dans ses mœurs est insupportable. Les attributions possibles de ce magistrat réduisaient donc ses fonctions à celles d'un commissaire de police urbaine. Par une heureuse combinaison dont le succès a passé les espérances, la police, sans rien perdre de son importance, est devenue à la fois un tribunal de première instance et une justice de paix, où toutes les affaires sont jugées sommairement et de la même manière à peu près que le dey lui-même, à l'exemple de plusieurs souverains de l'Orient et de tous leurs délégués dans les provinces, expédient les affaires dans des au-

diences quotidiennes; on a même vu des contes-
tations d'un haut intérêt portées devant ce tribunal
véritablement populaire, et il n'y a pas eu, jusqu'à
ce jour, de plaintes ni de renvoi de ses décisions
au tribunal supérieur.

Les autres branches de l'administration, telles
que les douanes, les octrois, les domaines, furent
également organisées; de sorte qu'à l'arrivée de
M. le baron Volland, intendant en chef de l'armée
et du territoire d'Alger, il trouva, pour ainsi dire,
sous la main tous les élémens de l'administration
civile, qu'il a régularisée avec une habileté et une
sagacité parfaites, et dont je m'abstiendrai de
parler plus au long, puisqu'il a lui-même publié
à ce sujet une espèce de compte rendu, où ces
matières sont exposées dans le plus grand détail.

Ces opérations préliminaires terminées, le général Clauzel, dont l'opinion était déjà fixée sur
les avantages que la France doit un jour retirer
de cette précieuse possession, et dont la vue, per-
çant dans l'avenir, jugeait que c'est principalement
par la culture du sol qu'elle en recueillerait les
fruits, provoquait la formation d'une compagnie
d'exploitation d'une ferme expérimentale. Il
trouva facilement des personnes qui, à son exemple, prirent des actions. Il céda à cette compagnie, au nom du Gouvernement, une propriété

nationale de mille hectares d'étendue, moyen-
nant une légère redevance, et à la condition d'y
faire des essais de tous les genres de culture, en
lui laissant d'ailleurs toute liberté de moyens, et
en lui assurant tous ceux de la protection militaire
et de l'administration civile. Quoique l'épreuve
n'ait pas été aussi satisfaisante qu'on aurait pu l'espérer, par des causes étrangères aux combinaisons
du général Clauzel et de M. l'intendant en chef,
qui, peu de temps après son arrivée, s'empressa
de concourir au succès de cette entreprise, le
peu qui s'est fait a suffi pour prouver que l'on
peut se promettre les plus heureux résultats de
toutes les opérations de grande et de petite culture qu'on voudra entreprendre dans le territoire
de la régence d'Alger.

Le Gouvernement, éclairé par les comptes
fréquens et détaillés que lui rendait le général
Clauzel, commença dès-lors à s'occuper sérieu-
sement du parti qu'on pourrait tirer de notre
conquête; et, sans prendre ni ordonner aucune
mesure décisive qui pût être considérée comme
une déclaration officielle de l'occupation définitive, il laissa présager, par les expressions de
la correspondance ministérielle, qu'il n'était rien
moins que disposé à abandonner ou à céder Alger.
Des dépêches du ministre de la guerre, du mois

d'octobre et du commencement de novembre, étaient tellement positives à ce sujet, que le général Clauzel se crut autorisé à agir dans le sens de la colonisation; et comme, par une prévision à laquelle les circonstances ont donné une heureuse opportunité, il avait déjà renvoyé en France les troupes qu'il jugeait lui être inutiles, il dut prendre des mesures pour assurer à la métropole l'intégrité du territoire d'Alger. On sait que ce royaume se compose de trois grandes divisions, qui sont : à l'est, la province ou beylick de Constantine, limitrophe de l'état de Tunis, et dont la capitale est située à soixante-dix lieues d'Alger dans les terres; au centre ou au sud, le beylick de Titeri, à l'extrémité duquel est située au nord la fertile plaine de la Mitidjad, et l'arrondissement d'Alger proprement dit; et à l'ouest, la province d'Oran, qui confine à l'empire de Maroc. Le bey de Constantine n'avait pas fait sa soumission, et cette province était dans un état complet d'anarchie. On savait même, par des communications officielles de M. de Lesseps, consul-général de France à Tunis, que plusieurs tribus dépendantes de Constantine avaient fait offrir au bey de Tunis de se soumettre à sa domination; ce que ce prince, fidèle à ses traités avec la France, avait positivement refusé, non sans inconvénient pour la sûreté de ses propres États, sur les frontières desquels les mêmes tribus, dont il avait repoussé les offres, faisaient de fréquentes incursions. Cet état de choses ne pouvait durer; il était urgent de faire reconnaître l'autorité de la France à Constantine, partie précieuse de notre conquête, et où la France doit trouver une immense quantité de ressources de tout genre, lorsque la civilisation plus avancée, si on ne commet pas l'imprudence de vouloir aller trop vite, permettra d'exploiter ce territoire. Une souveraineté indépendante allait s'élever, qui serait devenue le refuge des Turcs échappés d'Alger après la conquête, et de tous les mécontens des autres provinces. Une expédition militaire à soixante-dix lieues d'Alger eût été pénible pour nos troupes et très-coûteuse. Elle n'aurait pu être moindre de six mille hommes qu'il aurait fallu y laisser, et qui auraient coûté 4 millions 5oo mille francs d'entretien annuel, sans qu'il fût permis d'espérer que leur présence procurât la rentrée dans les caisses du trésor du million que ce nouveau bey s'est engagé à payer tous les ans, sous la garantie du souverain de Tunis; ce qui, en résultat, eût donné un déficit de 5 millions 5oo mille francs dans les comptes généraux de l'État. En nommant un nouveau bey, sans lui fournir les moyens de se faire obéir par la

population, on ne remédiait à rien. Le général
en chef était dans l'indécision sur le parti qu'il
avait à prendre, et il se voyait avec regret forcé
de faire occuper le port de Bone, dépendant de ce
beylick, et où il est nécessaire que nos pêcheurs
de corail trouvent sûreté et protection; cette
occupation eût exigé l'emploi de deux régimens,
ce qui eût diminué d'autant le nombre de ceux
que le général Clauzel voulait renvoyer en France.
Sur ces entrefaites, arrivèrent à Alger des envoyés
du bey de Tunis, qui venaient féliciter le général en
chef sur son arrivée en Afrique, et lui renouveler
les assurances d'amitié qui lient leur maître à la
France depuis si long-temps. Ces envoyés étaient
porteurs de lettres de M. de Lesseps, qui faisaient
part au général Clauzel de l'embarras dans lequel
les troubles de Constantine plaçaient le bey de
Tunis, et indiquaient, comme moyen de faire
cesser cet inconvénient et de faire reconnaître l'autorité de la France dans ce beylick, sans recourir
à une expédition fatigante et dispendieuse, la
nomination d'un des princes de la maison régnante
de Tunis en remplacement du bey rebelle de
Constantine, à la charge par lui de s'y installer
par les moyens qui lui seraient fournis par le bey
de Tunis, et de payer une contribution annuelle
au trésor français. Des ouvertures dans ce sens

furent faites par l'un des envoyés. Cet arrangement avait l'avantage de soumettre, sans frais et sans efforts de notre part, une des plus riches provinces du royaume d'Alger, et d'y avoir un gouverneur dont la fidélité ne pouvait être suspecte, en y conservant tous nos droits de souveraineté. Le général en chef en sentit les avantages et l'opportunité, et il autorisa M. de Lesseps à s'en entendre avec le bey de Tunis. Il lui envoya, par le retour des envoyés tunisiens, un projet de convention qui stipulait des conditions extrêmement avantageuses pour la France, et réservait au commandant en chef des troupes françaises en Afrique tous les droits de souveraineté qu'il exerçait à Alger au nom de la France. Le bey de Tunis consentit à ces conditions, et garantit leur exécution de la part de son frère Mustapha, qu'il désigna au général en chef pour recevoir de lui la commission de bey de Constantine. La contribution annuelle fut réglée à une somme beaucoup plus forte que celle que produisait le beylick du temps du dey; et une clause spéciale de la convention laissa la porte ouverte à une augmentation pour l'avenir, et tant que les circonstances locales exigeront que ce système de gouvernement soit maintenu dans les provinces dépendantes du royaume d'Alger.

Pendant que l'affaire de Constantine se trai-
tait, le bey d'Oran, turc de naissance, et dont
la conduite avait été assez loyale, renouvela
les instances qu'il avait déjà adressées plusieurs
fois tant à M. de Bourmont qu'au général Clauzel lui-même, de se démettre de sa place, et
d'obtenir la permission de se retirer en Turquie
avec la plus grande partie des Turcs qui formaient
la garnison d'Oran. Le choix de son remplaçant
n'était pas facile, et le général en chef ne pouvait, comme il l'a fait pour le beylick de Titery,
qui est, en quelque sorte, situé sous le canon
d'Alger, donner la commission vacante à un chef
qui n'eût pas une consistance personnelle. La
fidélité d'un bey pouvait être tentée par l'empe-
reur de Maroc, qui convoite depuis long-temps
le fertile arrondissement de Trémécen, dépendant du beylick d'Oran, et limitrophe de ses
États. D'ailleurs, quand bien même le général en
chef eût pu trouver un sujet en qui il eût eu
assez de confiance pour ne pas redouter cet inconvénient, il eût fallu envoyer à Oran une garnison française pour remplacer les Turcs qui de-
mandaient à s'en aller. D'après ces considérations,
et surtout d'après les renseignemens qui lui
furent fournis par M. de Lesseps, et par lesquels
le général en chef put se convaincre que la fidé-

2.

lité du bey de Tunis et son affection pour la France étaient aussi sincères que conformes aux véritables intérêts de ce souverain, il accueillit la proposition qui lui fut faite de prendre, pour la province d'Oran, un arrangement pareil à celui qui avait eu lieu pour Constantine. M. de Lesseps fut encore chargé de proposer au bey de Tunis les conditions de cette nouvelle convention, dont les stipulations sont les mêmes que celles de la première, avec des réserves également avantageuses pour la France et pour les Français.

Telles sont ces conventions, qu'une erreur provenant de la lenteur et de la difficulté des communications entre Tunis, Alger et la France, avait fait considérer sous un point de vue diamétralement opposé à leur véritable esprit, et dont le Gouvernement, éclairé depuis par des explications écrites et verbales, a reconnu les immenses avantages. Un avenir prochain justifiera les prévisions du général Clauzel, et la civilisation aura à s'applaudir des heureux fruits que doit porter le germe de sociabilité renfermé dans ces stipulations, dont le but élevé n'a pu être indiqué d'une manière spéciale dans le texte des conventions. La maison régnante de Tunis est incontestablement la plus disposée, de toutes celles qui règnent en Afrique, à entrer dans le grand mouvement intellectuel, dont quelques symptômes, rares encore, mais positifs, se font remarquer dans le nord de ce pays, plongé depuis si long-temps dans la barbarie. Les princes de cette maison, dont le chef est un ami sincère de la France, par inclination autant que par intérêt, seront, sous les ordres de nos gouverneurs du royaume d'Alger, des protecteurs zélés de toutes les améliorations sociales dont ils connaissent le prix; et, tandis que, sous notre direction immédiate, l'arrondissement d'Alger atteindra plus rapidement le niveau des pays les plus policés, les provinces de Constantine et d'Oran se prépareront graduellement, sans exiger nos soins immédiats, et en fournissant des ressources à notre trésor, à recevoir l'entière application d'un système plus parfait de gouvernement. Il résulte de l'état de choses établi par le général Clauzel, que la France, avec un petit nombre de troupes, s'assure la possession du royaume d'Alger, et qu'après avoir tiré tout le parti qu'elle peut le faire du territoire d'Alger proprement dit, il lui reste la belle expectative d'utiliser également plus tard ceux de Constantine et d'Oran, non moins fertiles.

Pendant que ces importantes opérations s'exécutaient, le général en chef, avec le concours de

M. l'intendant en chef Volland, toujours infatigable, et dont les vues s'accordaient parfaitement avec les siennes, donnait la dernière main à l'organisation dont j'ai déjà dit que ce dernier a publié l'intéressant exposé. La probabilité, de jour en jour plus évidente, que le Gouvernement français apprécierait à sa juste valeur cette intéressante colonie, et lui donnerait, dès que les circonstances le lui permettraient, toute l'attention qu'elle mérite, stimulait leur zèle. Il restait peu à faire pour l'administration civile; mais il fallait ôter aux habitans du pays tout prétexte de craindre que jamais ils dussent se retrouver sous le joug dont notre expédition les avait délivrés. L'ex-bey de Titery, dont la rebellion était peut-être le résultat de fausses combinaisons et du peu d'adresse de la part de la précédente autorité militaire, se trouvait à la tête de quelques centaines de Turcs et de plusieurs bandes d'Arabes, de kabyles et de bédouins. Le prestige de la discipline et de l'art militaire des Turcs en imposait encore aux tribus d'Arabes de son ancien beylick, qui ne connaissaient rien de mieux en ce genre. Le plateau où est située la ville de Medeah, entre le petit et le grand Atlas, était le quartier-général habituel de ce chef. Le général Clauzel prépara silencieusement une expédition dont il assura le succès

par des communications avec différens chefs de
tribus. Il parvint à en attirer quelques-uns à Alger,
où ils purent se convaincre de la vérité, et ap-
prendre des maures et des juifs habitans de la
ville, que la justice la plus impartiale et la protection la plus étendue étaient assurées à tous, sans
distinction de nation ou de religion. Ils surent,
par leurs ulémas et marabouts, que l'exercice du
culte musulman n'éprouvait aucune entrave,
qu'aucune femme n'avait eu à se plaindre de la plus
légère insulte, et que la moindre vexation était
sévèrement réprimée. Cette communication entre
les cheicks arabes et le général en chef ne tarda
pas à produire d'heureux fruits. Les relations de-
vinrent fréquentes, et des tribus, particulièrement
celles de l'ouest, envoyèrent des députés pour
protester d'une soumission dont les expressions
conservaient toutefois un certain air d'indé-
pendance. Quand les choses en furent arri-
vées à ce point, le général en chef jugea que
le moment était venu d'exécuter l'expédition qu'il
méditait depuis long-temps, et il partit pour
l'Atlas. Des rapports ont été publiés à ce sujet,
et je n'ai point à les répéter ici. Cette courte cam-
pagne a prouvé que nos soldats n'avaient pas
dégénéré, et que les braves de la république et
de l'empire avaient de dignes successeurs. Mais

le résultat de cette brillante expédition n'a pas été glorieux seulement : son utilité est immense; elle assure à jamais notre domination, et rend impossible à l'avenir toute agression dangereuse de la part des Arabes. Elle a prouvé aussi que toute relation n'était pas impossible entre eux et nous. Les habitans de Medeah, où probablement aucun européen n'avait pénétré depuis l'expédition de Bélisaire, accueillirent le général en chef et ses troupes avec une bienveillance qui ne s'est pas démentie, et dont la sincérité a été prouvée par leur conduite, car lorsque, après une occupation de peu de jours, nos troupes évacuèrent leur ville, ils se sont armés pour repousser les attaques des tribus arabes. Ils ont même adopté avec empressement l'invitation qui leur a été faite de s'organiser en garde nationale.

Quoique Medeah ne doive pas être constamment occupé, cette position, où nous sommes toujours sûrs d'être bien accueillis, est d'une haute importance sous le rapport militaire, et plus encore peut-être pour la rectification de la géographie de cette partie de l'Afrique. Cette ville est en même temps, et si l'on peut s'exprimer ainsi, un poste avancé de la civilisation vers l'Afrique intérieure; elle est à l'entrée d'un chemin facile au Biledulgerid et au grand désert, à travers le grand Atlas, qui, dans cette partie de la chaîne, laisse des passages aisés.

A son retour de Medeah, le général en chef exécuta un projet qu'il avait conçu avant son départ : il créa une garde nationale, peu nombreuse encore, mais qui augmentera successivement, dès que les habitans nationaux et étrangers d'Alger se seront bien pénétrés de l'utilité de cette belle institution.

De l'expédition de l'Atlas date aussi une autre époque de l'établissement des Français en Afrique. C'est alors que s'est éveillé, chez la plupart des européens et chez quelques riches israélites, le désir d'acquérir et de faire valoir des terres : plusieurs achats ont eu lieu aux naturels du pays, et tout porte à croire que, dès que le Gouvernement aura arrêté quelques dispositions pour l'aliénation des terres apartenant à l'État, les acheteurs se présenteront en foule. Le général en chef a lui-même donné l'exemple, en achetant de propriétaires maures de vastes terrains. Cette impulsion a été suivie par d'autres et continue.

Cet aperçu rapide de tout ce qui s'est fait à Alger pendant les six mois de séjour du général Clauzel, m'a paru devoir précéder les considérations suivantes sur l'avantage de cette possession, et sur la facilité de son exploitation. Je me félicite

d'avoir été le témoin de cette création d'une colonie ou établissement français, n'importe le nom
qu'on lui donnera, et de pouvoir présenter à mes
concitoyens, avec connaissance de cause, un exposé de ce qui s'est fait, ainsi que mon opinion sur
ce qu'on peut faire. Je ne traiterai pas la question
politique de l'occupation, parce que je ne puis
m'empêcher de la regarder comme résolue. Je ne
sais sur quoi ont pu fonder leurs argumens ceux
qui prétendent que l'Angleterre verra d'un œil
jaloux un établissement français sur la côte
septentrionale de l'Afrique, et quel tort pourra
faire à son commerce l'exploitation de ce territoire. Les productions d'Alger importées en
France ou ailleurs, ne sont point de celles dont
l'Angleterre pourrait envier le monopole. D'ailleurs, n'est-il pas permis de penser que des prin-
cipes plus sains d'économie politique ont fait quelques progrès dans le pays qui a applaudi à l'application des maximes commercialement libérales
d'Huskisson. J'ai vu plusieurs Anglais très-éclairés
sourire lorsqu'on leur disait que l'Angleterre ver-
rait avec peine que nous occupassions définitive-
ment Alger, et répondre que, loin de voir de mau-
vais œil un établissement français dans cette an-
cienne métropole de la piraterie barbaresque, les
Anglais de bon sens se rejouiraient de trouver sur

cette côte si long-temps inhospitalière une nation amie, et tous les avantages de la civilisation. J'ajouterai que j'ai trouvé les Anglais plus justes appréciateurs de l'ouvrage du général Clauzel que mes propres compatriotes. Ils ont saisi toute la portée des bases jetées par lui, d'un cosmopolitisme qui, s'il n'est pas altéré par la manie que nous avons d'administrer tout à la française, doit produire une colonie européenne mixte, où toutes les nations seront admises, dont le succès tient surtout à l'absence de nos lois prohibitives, et où la concurrence autorisée doit faire naître une grande prospérité, sans que l'application de ce principe diminue en rien les avantages de la France.

Je vais exposer en peu de mots quels sont ces avantages. Je ne parlerai que du territoire d'Alger, c'est-à-dire de celui qui est compris entre la mer au nord, l'Atlas au sud, l'Arrach à l'est et le Massafran à l'ouest. J'ai déjà dit que je ne pensais pas qu'il fallût s'occuper encore des beylicks de Constantine et d'Oran, dont il faut bien se garder de déranger l'organisation que leur a donnée le général Clauzel, en confiant à des princes de Tunis la commission de beys de ces provinces. D'ailleurs, l'étendue du territoire dont je vais essayer de donner une idée, suffit, pour bien des années encore, pour utiliser tous les bras inoccupés en France et en Europe, et à l'emploi des capitaux qui peuvent être versés sur ce sol fertile, où, par une exception peu commune, de grosses et de modiques sommes trouveront un placement proportionnellement aussi avantageux.

Le climat d'Alger et de la belle plaine de la Mitidjad, à l'extrémité nord de laquelle cette ville est située, est à peu près le même que celui de la basse Andalousie; il est cependant moins sec, quoiqu'il y pleuve aussi rarement. Mais les fortes rosées et les sources nombreuses qui y sont répandues, y entretiennent la terre dans un état interne de fraîcheur qu'on chercherait vainement en Andalousie, et provoquent une forte et prompte végétation. L'humus, ou terre végétale, a plusieurs pieds de profondeur en beaucoup d'endroits; et quoique la plus grande partie de la plaine n'ait pas été cultivée depuis des siècles, les déchiffremens sont si faciles que l'agriculteur peut appliquer la charrue sur presque toute la surface, sans autre préparation que de brûler des broussailles ou de hauts herbages. La culture de toutes les céréales et de presque toutes les plantes des tropiques, excepté peut-être le café, y est praticable : on est sûr au moins que le sucre, l'indigo et le coton y réussissent; on sait aussi que le riz, le chanvre et le lin y prospéreraient. Le mûrier dans toutes ses variétés, y croîtra rapidement, et nul doute que dans un petit nombre d'années les soies d'Alger paraîtront avec avantage sur les marchés de l'Europe et de l'Asie. La vigne plantée uniquement pour cueillir et manger le raisin, y en produit d'excellent. Tous les fruits et légumes d'Europe y seront exquis dès que l'horticulture sera introduite dans le pays. Quant à ceux qui y sont déjà cultivés, ou qui y croissent spontanément, ils sont égaux, sinon supérieurs, à ceux qu'on trouve dans les climats les plus favorisés; le figuier, l'olivier, l'oranger, le jujubier, le pistachier, le grenadier, et, en quelques endroits, le palmier dattier, sont communs, et donnent des fruits délicieux. Les bananes que nous avons trouvées dans plusieurs jardins, viendraient probablement à parfaite maturité, si elles étaient plantées avec intelligence, et dans les endroits qui leur conviennent.

Nous avons trouvé à Alger les animaux domestiques d'Europe, ainsi que du gibier de toute sorte. Il y a des améliorations à faire dans l'éducation des bœufs, des chevaux et des brebis. Le cochon y a été introduit par nous, et tout porte à croire qu'il s'y multipliera vite. Jusqu'à présent nous n'avons pas tiré un grand parti du chameau; mais lorsque la culture des terres aura pris de l'extension, cet utile animal rendra de grands services.

J'ai déjà dit que le climat était à peu près pareil à celui de l'Andalousie; je le crois en général plus sain, car il n'y a pas dans le pays de maladie endémique, telle que la fièvre tierce, qui règne pendant plusieurs mois de l'année dans quelques cantons de cette partie de l'Espagne. La peste ne s'y est manifestée que très-rarement, et jamais elle n'y a été de longue durée. Des précautions faciles à prendre à l'arrivée des pèlerins qui reviennent par terre de la Mecque, suffiront pour préserver le royaume d'Alger de ce fléau.

La côte est très-poissonneuse; on y pêche plusieurs espèces de poissons exquis, tels que la bonite, la dorade, le rouget. Ce n'est que depuis l'occupation française que cette branche d'industrie a commencé à être exploitée, et tout porte à croire qu'une grande entreprise de pêcherie serait couronnée d'un plein succès.

Une seule chose manque encore à Alger : c'est le bois, celui de construction surtout; mais il est certain que dans le grand et petit Atlas, il se trouve des forêts de différentes espèces de pins. Au reste, les constructions en usage dans les villes exigent peu de bois; et quant aux campagnes, le climat permet de se contenter d'habitations en pisé et roseau. J'ai vu dans plusieurs maisons d'Alger du bois de chauffage qui m'a paru être du chêne vert, qui certainement n'avait pas été apporté d'Europe; ce qui m'a fait penser qu'il doit s'en trouver dans quelque vallée voisine d'Alger. D'ailleurs, le pays fournit une assez grande quantité d'arbustes et de broussailles pour suffire aux besoins de combustible.

Nos explorations n'ont pu encore être poussées fort loin dans les montagnes; mais elles recèlent des mines de toute espèce, ainsi que des carrières de marbre, de gypse et de houille. J'ai vu des échantillons de minerai qui m'ont paru riches.

Je voudrais pouvoir ajouter à ce léger aperçu statistique quelques renseignemens plus étendus sur les peuples qui habitent le royaume d'Alger, sous le point de vue du plus ou moins de possibilité de les civiliser, pour l'utilité réciproque des indigènes et des futurs colons; mais je n'ai pu observer que les habitans d'Alger, et le petit nombre d'Arabes et Kabyles que j'ai eu occasion de voir.

La ville est exclusivement peuplée de maures et de juifs, depuis que les Turcs en ont été chassés. Les premiers, soumis par l'ancien gouvernement à des lois très-sévères, et placés dans une catégorie politique qui ne leur permettait d'aspirer à aucun emploi supérieur de l'État, privés même du droit de porter les armes, ne regrettent point l'ancien ordre de choses; ils préfèrent, en général, notre domination à celle des Turcs. Cependant ils seront long-temps à s'accoutumer à nous. Le préjugé religieux, et surtout leurs idées et leurs mœurs, par rapport aux femmes, tiendront pendant beaucoup d'années encore une barrière élevée entre eux et les Européens. Ils vivront ensemble, et peut-être s'éloigneront-ils des villes où ils ne pourraient éviter un contact fréquent avec les chrétiens; mais cet éloignement ne les rapprochera pas davantage des Arabes ou Kabyles : les plus riches iront probablement s'établir à Tunis ou dans l'empire de Maroc, et les autres formeront des villages. Il n'y a pas à craindre néanmoins que cet isolement volontaire soit dangereux. Le maure algérien n'a rien conservé de la valeur et de l'énergie de ses ancêtres conquérans de l'Espagne; il a besoin de protection, et il acceptera volontiers la nôtre, que nous lui ferons payer moins cher que celle qu'il recevait des Turcs. Toutefois, ce que je viens de dire ne doit pas être pris d'une manière absolue; il y aura beaucoup d'exceptions, et la civilisation, que plusieurs d'entre eux comprennent sans vouloir trop s'y livrer encore, fera tous les jours des

conquêtes dans cette portion des indigènes d'Al=
ger.

Quant aux juifs, qui sont très-nombreux, ils
sont et seront toujours nos partisans les plus dé-
voués. Leur position s'est tellement améliorée,
qu'ils feraient tous les sacrifices possibles, même
de l'argent qu'ils gagnaient, au prix des plus cruelles
vexations, pour la conserver. Les juifs d'Alger res-
semblent aux juifs de tous les pays; et, comme
eux, sans doute, l'amélioration de leur condition
politique influera heureusement sur leurs mœurs,
et la différence qui existe encore entre eux et les
chrétiens établis à Alger, s'effacera graduellement.
Je dois ajouter qu'il y a dans cette ville plusieurs
familles de riches israélites qui étaient dignes de se
trouver enfin placés, envers les chrétiens, dans
cette position d'égalité sociale dont un absurde et
barbare préjugé les a si long-temps privés.

Les Arabes Kabyles et Bédouins, tant des montagnes que de la plaine, se façonneront plus diffi-
cilement à nos usages. La civilisation ne pénétrera
chez eux qu'en excitant leur cupidité, qui est
extrême. On ne peut se faire une idée de leur
avarice, et de tous les soins qu'ils se donnent
pour se procurer de l'or et de l'argent. On voit tous

3

les jours arriver au marché d'Alger des Arabes ve-
nant de cantons fort éloignés, pour y vendre des
denrées dont la valeur ne suffirait pas, dans un
autre pays, pour payer les frais du voyage; et si,
comme l'a fait le général Clauzel, on continue à
leur inspirer de la sécurité, l'appât du gain les at-
tirera vers nous. On trouvera même des hommes
de cette race qui viendront louer leurs services aux
agriculteurs européens, maintenant surtout qu'ils
sont résignés, par les résultats qu'a eus l'expédition
de l'Atlas, à nous voir posséder le territoire, et
si l'on se contente de les tenir en respect, sans
les inquiéter dans leurs montagnes.

L'esquisse succincte qui précède, dont je crois
pouvoir certifier l'exactitude, donnera une idée
suffisante du théâtre où la France est appelée à
appliquer les facultés industrielles de l'excédant
de sa population, et qu'elle peut ouvrir à toutes
les nations européennes, sans craindre que l'es-
pace lui manque pour ses propres colons. Le
Gouvernement, sans dépouiller personne, a la
disposition d'un territoire immense, dont toutes
les parties sont fertiles et propres à tous les genres de culture. La moitié des maisons d'Alger
appartient à l'État, qui, en outre des empla-
cemens publics que l'administration peut choi-

sir à sa convenance, aura, s'il le juge à propos,
le produit des ventes de ces édifices. Un trajet
de quarante-huit heures au plus par les bateaux
à vapeur, sépare Alger de la France. Des établis-
semens commerciaux sont déjà formés, et d'autres
vont l'être. Des renseignemens certains font connaître que de nombreuses émigrations des côtes
d'Espagne, de celles d'Italie, de France même, et
surtout des îles Baléares, n'attendent qu'un en-
couragement pour s'effectuer; et cet encoura-
gement se borne à faciliter le transport des
familles qui veulent aller employer à Alger leurs
bras oisifs dans leur pays. La correspondance du
général Clauzel avec un agent qu'il avait envoyé
à Mahon en fait foi. Cet agent dit textuelle-
ment, dans une de ses lettres qu'à peine les
habitans de l'île de Minorque ont appris qu'ils
pourraient être employés à Alger aux travaux de
l'agriculture, ou comme ouvriers dans leurs di-
verses professions, qu'ils sont venus en foule
pour lui demander la préférence, et qu'à une liste
de 230 individus qu'il a envoyée à M. l'intendant
en chef, il pourrait en joindre une triple, s'il
avait les moyens de leur procurer *gratis* un passage qui n'est que de cinquante lieues. D'autres
informations apprennent qu'à Mayorque, à Malte,
en Italie, le même empressement s'est manifesté;

et je puis affirmer qu'à Toulon, à Marseille, à Lyon, et même à Paris, j'ai été sollicité par des ouvriers, par des laboureurs, et même par des artisans qui n'étaient pas sans quelques moyens pécuniaires, de faire des démarches pour obtenir du Gouvernement le passage sur des transports de l'État. Le général Clauzel a déjà placé sur les terres qu'il a achetées des familles espagnoles qui, réunies, forment un nombre de cent individus.

Quelle belle perspective présente un tel état de choses à l'homme qui voudra placer quelques capitaux, dont l'intérêt ne se fera attendre que le temps de recueillir les semences qu'il jettera à peu de frais sur ce sol fertile! Mais il faut, pour faciliter ces spéculations, que le Gouvernement détermine promptement un mode d'aliénation ou de loyer des terres. Déjà il a pu se convaincre, par l'aperçu des dépenses de l'occupation pour 1831, que la différence du coût de l'entretien des troupes en Afrique sera à peu près couvert. Pour peu qu'il encourage l'émigration, il arrivera promptement à la balance, et il sera à même de diminuer la garnison d'une colonie *qui finira par se garder elle-même.*

Quoique je ne me sois pas proposé de soumettre mes observations au calcul rigoureux des chiffres, je me permettrai de présenter au Gouvernement et au public le tableau suivant :

La France tire tous les ans de l'étranger, 34,000,000 kil. soie, qui coutent au

moins..........	40,000,000 f.
400,000 *id.* de cire.........	1,000,000
5,000,000 *id.* d'oranges et citrons.	3,000,000
11,000,000 *id.* sucre..........	6,000,000
5,500,000 *id.* tabac..........	3,000,000
30,000,000 *id.* huile d'olive......	25,000,000
8,000,000 *id.* riz.............	4,000,000
4,500,000 *id.* chanvre........	3,000,000
1,200,000 *id.* lin	1,500,000
34,000,000 *id.* coton..........	55,000,000
1,200,000 *id.* indigo	24,000,000
	165,500,000 f.

Ces renseignemens sont extraits du *Tableau général du commerce d'importation et d'exportation de la France*, dressé par l'administration des douanes pour 1830.

Eh bien! il est incontestable que, dans moins

de vingt ans, tous ces produits peuvent être fournis par Alger, qui recevra en échange ceux de nos fabriques nécessaires à une population toujours croissante, et une balance en numéraire qui accroîtra indéfiniment les moyens d'exploitation du sol.

Qu'il me soit aussi permis, en terminant, d'exprimer le vœu que le système qui a présidé aux premières opérations du général Clauzel n'éprouve point d'altération, et que le malheureux instinct fiscal de notre administration ne vienne pas étouffer les germes féconds d'une prospérité qui ne se fera pas attendre, et qui convaincra les plus incrédules.

Avril 1831.

www.ingramcontent.com/pod-product-compliance
Lightning Source LLC
Chambersburg PA
CBHW060859180626
46818CB00004B/1778